玛莎

Martha

〔俄〕杰纳迪·斯宾瑞　著
张原平　译

河南科学技术出版社
·郑州·

让我们惊叹的生命火花

——绘本《玛莎》的导读

儿童文学作家　保冬妮

我喜欢《玛莎》，不仅仅因为我也碰到过一只躺在地上的硕大的乌鸦，更因为我也曾住在莫斯科。我熟悉书里所传达的每一丝气息，就好像我又回到了我住过的多玛杰多夫斯卡亚。那也是一个雪天，乌鸦在楼间的树林里滑过，穿着臃肿的老婆婆走在街上，满脸红扑扑的少年牵着狗跑过雪地……而且我也去过动物诊所，那些熟悉的场景好像就在昨天。

《玛莎》是一本闪耀着生命火花的绘本，画家杰纳迪·斯宾瑞娴熟地用水彩细致描绘了他和孩子所经历的一幕幕动人的场景，翻阅每一页细腻的彩绘，让读者好像亲临现场，写实的画风真实地再现生活中的每一处细节，人物的表情和服装，服饰的肌理和纹饰，鸟的羽毛和姿态，室内户外的一切细枝末节都那么逼真和讲究，这就是俄罗斯艺术家的追求和态度，精致地展现经典作品的完美特质。这种在每一页都极致地闪耀着生命火花的描绘，不是任何画家都能做到的，所以，斯宾瑞的作品屡屡获奖真是靠了他的才气及对艺术的尊重。

我曾在北京师范大学的门口遇到过一只硕大无比的乌鸦，它躺在地上宁静又安详，黑色缎子般的羽毛闪耀着蓝紫色的神采。但是，它已经死了。我劝说着身边同我一样对这只死乌鸦产生好奇的陌生年轻人，应该把它带回家，做成标本珍藏。我掏出一个纸袋，郑重地把乌鸦放进去，交给他，他欣然抱着乌鸦回家了。但愿，那只乌鸦“活”在年轻人的书房里。

《玛莎》里的乌鸦，比我见到的这只中国的乌鸦更幸运。她有幸被斯宾瑞的儿子伊利亚遇到，并且没有听从兽医的劝告，坚持把乌鸦留下，带回了家。于是，生命的火花点燃了乌鸦受伤的身体，这只被取名为“玛莎”的乌鸦顽强地生存了下来，她吃药，吃饭，并欣然把斯宾瑞的家当成了修复伤痛的港湾。我印象最深的是玛莎居住的篮子，那厚实温暖、美丽又雅致的垫子，给了玛莎一个多么温暖的家。在这个家里，所有的人都没把玛莎当一只乌鸦来看待，“玛莎大胆地爬上我的手臂，接着她一路跳到我的肩上，仔仔细细地把我的左耳研究了个遍，然后小心地用尖尖的嘴巴把我的头发分了个缝儿……从此我的头顶成了玛莎观察房间的新据点，也成了她新的调查对象，仿佛头发中藏着什么宝贝。”这样的描写既让读者觉得妙趣横生，又让我们感怀这家人对玛莎真挚的情感。玛莎就这样成了家庭中的一员。但是，一个午后，她终于还是飞离了斯宾瑞的家。夏天过后，斯宾瑞一家也从乡下返回了莫斯科。然而，就在一天早上，伊利亚发现了一只做了妈妈的乌鸦在自家窗外建了窝。谁也不能肯定这只美丽的乌鸦就是玛莎，但是伊利亚坚信她就是玛莎。

一家人和一只乌鸦的故事，在图画书里像火花一样点燃了读者，人与动物的情感是这样纯真无瑕，假如世间皆如此，那真是天堂。让我们为这美好去践行吧，为了让所有的孩子有天堂般的生活，去爱和珍惜身边的每一个幼小生命，让更多的生命火花去点燃黑暗里的希望。

献给我的儿子伊利亚。

故事发生在好多年前的莫斯科，那时我和妻子还年轻，儿子也还是孩子。

那是一个寒冷的冬天，屋外白雪皑皑，屋里温暖舒适。我的妻子拉雅和五岁大的儿子伊利亚散步回来了。一进屋，伊利亚外套都不脱，就朝着我奔跑过来。

“爸爸，”他说，“我捡到一只翅膀受了伤的乌鸦。”

拉雅跟着走进屋，臂弯里抱着个什么东西，还用她那美丽的羊毛披肩包裹着。我看到一个小小的、黑黑的乌鸦头，它的眼睛透着恐惧，嘴巴张着却毫无声响。

“爸爸，我们是在公园里捡到它的，”伊利亚说，“它拖着受伤的翅膀在雪地里走着。”这只乌鸦身后留下了一条血迹，被拾起来的时候甚至都没有一丝挣扎。

拉雅带着乌鸦快步走到水盆边，给它清洗伤口，涂上药膏，然后给它的全身缠上了绷带——乌鸦看起来很奇怪，像长着黑色的乌鸦头、乌鸦尾巴和两只精致的乌鸦爪子的白色布偶。

伊利亚惊奇地在一旁看着，一声不吭。我呢，也不知道该拿这只乌鸦怎么办。

拉雅把乌鸦安置在一个大大的柳条篮子里，就搁在我画画的桌子旁。那一整天，乌鸦没吃也没叫。

第二天一早，我们带着乌鸦去兽医站。接待处满是人，还有动物们——几只猫、几条品种各异的狗、两只鹦鹉和一只羽毛华丽的大公鸡。

兽医看到乌鸦那断了的翅膀，摇了摇头说：“让它安乐死吧。乌鸦翅膀断了的话，在野外是活不长的。如果你们要留下它，那就要照顾它一辈子！”

“不，不要！”伊利亚大叫道，“乌鸦会好起来的，而且它还会飞起来。”

“孩子啊，那是不可能的。”兽医说，“这小鸟永远都飞不起来了。”他看看拉雅，又看看我：“让它安乐死吧。”

“妈妈、爸爸，我不让他这样做！这是我的乌鸦！”伊利亚用双手盖住装着乌鸦的篮子。

然后，这只乌鸦就正式入住到了我们家。我们都把它当作家庭的一员，很快便发现它其实是只雌乌鸦，于是给她取名叫“玛莎”。

拉雅一直看护着她，把她抱在怀中喂食。玛莎开始吃东西了，什么都吃，连药都吃。伊利亚总是寸步不离地帮着妈妈照顾她。

这只乌鸦就这样被安顿在我工作台旁边的篮子里了。

日子一天天过去。一天早上，伊利亚和我看到玛莎正在用她那乌黑闪亮的尖嘴啄着身上的绷带，一点一点地啄开。我们也动手来帮她，这时伊利亚说：“爸爸，快看！”

虽然她的翅膀还是耷拉着，但伤口已经开始愈合啦！

玛莎十分喜欢水。拉雅用碗盛满了水，放在地上。玛莎会用尖尖的嘴巴沾沾水，给自己洗澡！

但是清洗到翅膀的时候是很痛苦的。我们试着把她垂着的翅膀绑起来，但玛莎完全不乐意，她又把绷带给撕扯掉了。

一开始，玛莎要从篮子里出来还是挺难的。那垂着的翅膀总是很碍事。但最后，她还是爬出来啦！再之后，她会站在篮子边上或提手上，一站就是好几个小时，朝四周张望，仔细研究着身边的一切。

有一次，玛莎让我非常惊讶：她在我的桌子中间信步走起来，啄啄这儿又啄啄那儿。然后她径直走到我的手上，开始研究起我来。

几天后，玛莎大胆地爬上我的手臂，接着她一路跳到我的肩上，仔仔细细地把我的左耳研究了个遍，然后小心地用尖尖的嘴巴把我的头发分了个缝儿。

不久，玛莎就直接跳上我的头顶了！我尽力不动不摇也不晃，不想吓着她。从此我的头顶成了玛莎观察房间的新据点，也成了她新的调查对象，仿佛头发中藏着什么宝贝。

就在这个时候，伊利亚冲进屋里来，弄出了很大的声响。玛莎被惊得腾空而起，飞到书架上，大声“呜哇”起来！

我们开心地欢呼起来。伊利亚跑出去告诉他妈妈这个好消息。“妈妈，”他边跑边叫，“玛莎会飞啦！”

伊利亚是对的——玛莎可以再次飞起来！

如今，玛莎每天不知疲倦地练习飞行。她从篮子里飞上我的头顶，接着从我的头顶飞到书架上，然后从书架飞到梳妆台上，再飞回篮子里。我的头俨然成了她的停机坪。在这种情况下我还要画画，难度确实增加了不少。

玛莎似乎也意识到了这个问题，随即改变了她的飞行路线，不再停到我的头上，而是停在我近旁的赫尔墨斯塑像上。

我注意到，她的翅膀不再低垂，恢复得毫无瑕疵。

日子一天天过去，她飞得越来越有信心。天气渐渐转暖，我打开了窗户，相信玛莎不会鲁莽行事。我欣慰地发现，她在窗边踱来踱去，的确没有飞走。

她喜欢这一全新的、敞亮的空间，在这里观察街上人们的生活，有时也向飞过的乌鸦回应一声“呜哇”！

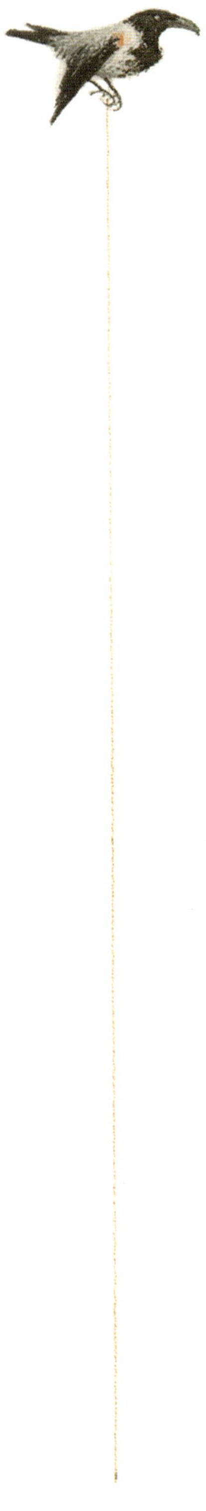

玛莎已经和我们很熟了。拉雅仍旧给她喂食。她会沿着伊利亚伸开的手臂一路溜达到他的头顶。伊利亚对此非常开心。玛莎在我的工作台上也非常舒适、自在。

玛莎是我们的家人了。

但终于在一个午后，我们散步回来看到玛莎站在窗台上，她的头转向我，黑色的眼珠闪烁着光芒，尖嘴稍稍张开，接着，她展翅飞离了窗台。

“玛莎！”伊利亚喊道。

一开始，她飞得似乎有些困难，但很快就调整好平衡，飞入空中，停在邻居的房顶上。“呜哇！”她发出了胜利的欢呼。

我们跑进房间，来到窗前，看着玛莎从窗边飞过，接着又一次，然后消失在远方。我们站在窗边等待她返回，但她再也没有回来。

夏天过去了，我们从乡下的度假屋回到了莫斯科。一天早晨，伊利亚从我房间的窗户望出去。“玛莎！”他大声叫道，“是玛莎！”

就在窗外，一根树枝上，我们看见一个乌鸦的窝，里面有乌鸦宝宝们，还有乌鸦妈妈。这只美丽的鸟儿会是玛莎吗？我不能完全肯定，但伊利亚坚信他看到的鸟儿是玛莎，仍然和我们是一家人。

杰纳迪·斯宾瑞　出生在莫斯科郊外，是享誉多年的艺术家和插画家。他于1991年应Philomel and Dial出版社的邀请移居美国。此后他为Philomel出版社创作了许多优美的图画书，包括：《费尔波克》（*Philipok*）、《杰克和豌豆》（*Jack and the Beanstalk*）以及《火鸟传奇》（*The Tale of the Firebird*）。

斯宾瑞创作的作品为他赢得了许多国际大奖，包括插画师协会四项金奖、博洛尼亚国际儿童书展最佳插画奖、两年一次的布拉迪斯拉发国际童书插画金苹果奖，并先后四次荣获纽约时报最佳插画书的美誉。

斯宾瑞先生偕妻子和三个儿子现居住在美国新泽西州的普林斯顿。

This edition published by arrangement with the **Philomel Books**, an imprint of Penguin Young Readers Group, a division of Penguin Random House LLC.

著作权合同备案号：豫著许可备字-2016-A-0108

图书在版编目（CIP）数据

玛莎 /（俄罗斯）杰纳迪·斯宾瑞著；张原平译. —郑州：河南科学技术出版社，2017. 1
ISBN 978-7-5349-8220-0

Ⅰ.①玛… Ⅱ.①杰… ②张… Ⅲ.①儿童文学-图画故事-俄罗斯-现代 Ⅳ.①I512.85

中国版本图书馆CIP数据核字（2016）第163171号

出版发行：河南科学技术出版社
地址：郑州市经五路66号　邮编：450002
电话：（0371）65788613　65788140
网址：www.hnstp.cn
策划编辑：马艳茹　韩雅楠
责任编辑：张　翼
责任校对：金兰苹
封面设计：张　伟
责任印制：张艳芳
印　　刷：北京盛通印刷股份有限公司
经　　销：全国新华书店
幅面尺寸：203mm×254mm　印张：2　字数：50千字
版　　次：2017年1月第1版　2017年1月第1次印刷
定　　价：30.00元

如发现印、装质量问题，影响阅读，请与出版社联系并调换。